波の白馬

阿部夏丸・文
あべ弘士・絵

ブロンズ新社

この音は、どこからくるのだろう？

貝がらを耳にあてながら、カムロは思いました。貝がらの中からは、ざわざわ、ざわざわと、波《なみ》の音が聞こえてきます。それは、不思議《ふしぎ》なことでした。カムロは、この波の秘密《ひみつ》がしりたくて、海にむかって歩いているのです。

「海にいけば、きっと、波の音の秘密がわかるはずさ」

そうつぶやいて丘《おか》をこえると、坂《さか》の下に、青い海と白い灯台《とうだい》が見えました。

岬《みさき》の先たんにたどりついたカムロは、灯台《とうだい》の下にたつと、はてしなくひろがる海を見つめました。くりかえし、くりかえし、よせてくる波《なみ》は、たてがみをなびかせる白い馬のようです。そして、その波が、砂浜《すなはま》にすいこまれてゆく音は、まるで、貝がらの音と同じに聞こえます。

ふいに、灯台《とうだい》がカムロにむかっていいました。

「なにか、お探《さが》しですかな?」

突然《とつぜん》の声に、カムロはおどろきましたが、灯台のやさしい声に安心《あんしん》して、こうこたえました。

「いえ、探しものなどありません」

「ほほう。探しものなどないと。だれもかれもが探しものをしている世《よ》の中で、探しものがないなどとは考えられません。つまり、あなたは『探しものを探している』ということですな」

「いいえ、ちがいます。ぼくはこうして、ぶらぶらと歩いているだけで、こんなの、遠足のようなものです」

「遠足? いやぁ、そいつは、うらやましい。私など、生まれてこのかた、この岬《みさき》から一歩《いっぽ》たりとも動《うご》いたことがないのです。いや、じつに、うらやましい」

灯台が、あまりにうらやましがるので、カムロはすこし、こまってしまいました。そこで、カムロは、ポケットから、貝がらをとりだしていいました。

「これは、お父さんにもらった、遠い国の貝がらです。耳にあてると……ほら、波《なみ》の音がするでしょ。不思議《ふしぎ》だなあ。灯台さんは、この波の音の秘密《ひみつ》をしっていますか?」

灯台《とうだい》は、ずいぶんとがっかりした顔でいいました。

「なんだ、波《なみ》の音ですか。私は動《うご》けないものだから、四六時中《しろくじちゅう》、波の音ばかり聞いておるのです。できることなら一度《いちど》でいい、波の音の聞こえないところへいってみたいものですよ」

つまらなそうな顔の灯台に、カムロはもうしわけなく思いました。

「それにしても、灯台さんはえらいですね。まいばん、沖《おき》にうかぶ船のために、あかりを灯《とも》しているんでしょ」

「わたしが、えらい？」

「はい、とても。ぼくなどこうして歩いているだけで、だれの役《やく》にもたっていない。ぼくも、あなたのように、みんなのためになることをしたいものです」

突然《とつぜん》、ヴィーンと、モーターのまわる音がして、灯台のあかりが灯りました。

カムロにほめられて、灯台がはりきりだしたようです。

「夜です、夜がきますよ。いつもより、ちょっと早い夜がきますよ」

気がつけば、お日様《ひさま》はしずみはじめ、青空が赤くそまっています。

「じゃあ、がんばってくださいさい。灯台さん」

「では、さようなら、旅《たび》の人。君《きみ》も貝がらの音のことなど忘《わす》れて、私のように、みんなのためになることをするべきですぞ。はっはっはっ」

カムロは元気のでた灯台と別《わか》れ、夕暮《ゆうぐ》れの浜《はま》べを、歩くことにしました。

空には、ぽっけりと赤い月がうかびあがりました。
ざばーん、さわ　さわ　さわ　さわっ
ざばーん、さわ　さわ　さわ　さわっ
カムロは、足をぬらして　波《なみ》打《う》ちぎわを歩きました。
ざばーん、さわ　さわ　さわ　さわっ
ざばーん、さわ　さわ　さわ　さわっ
カムロが歩けば歩いただけ、砂《すな》には足跡《あしあと》がつきました。しかし、その足跡は、
つけたはなから、ひき波《なみ》があらい流《なが》していきました。

しばらく歩いていくと、カムロは波打《なみう》ちぎわに、古ぼけたヤシの実《み》を見つけました。遠い南の国から流《なが》れついたのでしょう。かっ色の皮《かわ》には、無数《むすう》の傷《きず》がついています。カムロは、両手《りょうて》で、そっとヤシの実《み》をひろいあげようとしました。

　すると……

「こら、なにをする！」

カムロは、おどろいて両手《りょうて》をひっこめると、あたりを見わたし、さけび声をあげました。

「うわぁ！」

ぬっと顔をだしたのは、数えきれないほどの生きものでした。タコにクラゲにカニ、魚。大きなウミガメにサメもいます。そして、岩の上には、タカにウミネコ、砂浜《すなはま》には、シカにクマ。小さなネズミや無数のフナムシまでいます。

大きなクマが、岩の上からいいました。
「こらっ。そのヤシの実《み》は、わしらのもんじゃ」

「すみません、それはしりませんでした」

カムロがそういっておじぎをすると、こんどは、海の中から大ダコが、ぬっと首をだしていいました。

「クマよ、なにをいう！　そのヤシの実《み》は、わしらのもの。勝手《かって》なことをいうでない」

つづいて、いいあらそいをはじめたのは、ネズミとクラゲです。

「これは、わたしたちのものよ」

「ちがうぞ。ぼくたちのものだ」

「だって、ヤシの実《み》は丘《おか》のうえにあがっているでしょ」

「いいや、ヤシの実は、まだまだ海の中さ」

どうやら、このヤシの実《み》をめぐって、丘《おか》の生きものと海の生きものは、にらみあいをしているようです。

ヤシの実は、そんなことにはおかまいなしで、波《なみ》打《う》ちぎわのまん中で、波にあそばれ、ころがっています。

カムロは、いいました。
「みなさん、いいあらそいはやめてください」
するとイノシシが、カムロをにらんでいいました。
「なんだ、こいつは？　はじめて見る顔だぞ」

こんどは、ウミネコが、くちばしをとがらせていいました。

「ヤシの実《み》をよこどりするつもりだな。ミャー、ミャー、ミャー」

さいごに、サメがいいました。
「よーし、おいらが、食ってやる」

食べられてはたまりません。カムロは、ちゃんとあいさつをして、みんなの話を聞くことにしました。

「ぼくはカムロ。けっして、あやしい者《もの》ではありません。ところで、みなさんは、いつからこうやって、にらみあいをしているのですか？」

　足もとのカニが、いいました。

「さあ、いつからだったかにぃ？　すくなくとも、おれの生まれるずっと前だからな……。おーい、ヤドカリじいさん。あんたなら、しっているだろう」

「ふおっ、ふおっ、ふおっ。わしも、しらんぞ。しっていることは、遠いむかしからということだけじゃ」

どうやら、ヤシの実《み》は、何年も前から、ここに、こうしてあるようです。

「では、みなさん。このヤシの実を、いったいどうするつもりなのですか？」

サルが、カムロにいいました。

「こいつが育《そだ》てば、ヤシのジュースが飲《の》めるし、それよりなにより、この暑《あつ》い砂浜《すなはま》に、すずしい木かげができる」

すると、海の中で、フグが、ふきげんそうにふくらんでいいました。

「ふん、勝手《かって》に決《き》めるんじゃないよ。このヤシの実《み》は、海のものだ。こいつが海に流《なが》れでたら、ぼくたちは、このヤシの実で、サッカーの試合《しあい》をやるんだ」

カムロは、フグやタコがサッカーをする姿《すがた》を思いうかべて、ゆかいになりました。

するとサ、サルが、顔をまっ赤《か》にしていいました。

「サッカーなら、ほかのボールを探《さが》せよ。そうだ、フグが、ボールをやればいい」

「なにをーっ。木かげなど、ほかにいって探せばいいだろ。これは、海のヤシの実《み》だ」

「いいや、丘《おか》のヤシの実だ」

海と丘の生きものは、また、いいあらそいをはじめました。このままでは、ケンカになってしまいそうです。

カムロは、みんなのためにと思い、勇気《ゆうき》をだしていいました。

「みなさん。ぼくに、まかせてください」

生きものたちは、おどろいた顔でカムロを見つめました。

「こんなことは、かんたんです。いいですか、波《なみ》があいまいだからいけないのです」

「あいまい？」

「ええ、波が動《うご》くからいけないのです。ものごとは、はっきりさせないとね。今から、みんなで、海と丘《おか》のさかいめを決《き》めてしまいましょう」

「ほーっ。すごい」

「それは、名案《めいあん》だ」

カムロは、みんなの役《やく》にたてる気がして、すこしうれしくなりました。

「さすが、人間《にんげん》のお子さんね。海と丘のさかいめを決めてしまえば、もう、わたしたち、あらそいごとをしなくてもすむわね」

ネズミが、うれしそうにそういうと、アンコウが心配《しんぱい》そうにいいました。

「しかし……。そんなことをしても、いいのだろうか」

カムロは、首をかしげました。

「どうしてですか？　アンコウさん」

「白馬《しろうま》だよ。白馬のいかりにふれないだろうか……」

「白馬？」

「姿《すがた》なき、風の神《かみ》だ。いかれるときは、大波《おおなみ》となってあらわれる……」

サメがいいました。

「心配《しんぱい》しすぎだよ、アンコウは。いいかい、これは、みんなのためにしていることなんだ。」

「そうか、気にすることはないか……」

「さあ、カムロ。はじめよう」

アンコウのことばが気にかかりましたが、カムロは、指示《しじ》をだしました。

「それでは、ウミガメさん。一列《いちれつ》につながって、ぼくのところまできてください。ここです。おしてくる波の、いちばん丘《おか》に近づくところまでですよ」

ウミガメは、つながったまま、海から丘へとすすんできました。

「みなさん、いいですか。いま、あいまいな波の中にいるのは、十五匹《ひき》のウミガメさんです。つまり、あいまいな波の幅《はば》は十五匹分。まん中は、八番目のウミガメさんということになります。では、そこに線をひきましょう」

海の生きものも、丘の生きものも、みんな感心《かんしん》してうなずきました。

つぎにカムロは、砂浜《すなはま》のカニにむかっていいました。

「さあ、カニさん、八番目のウミガメさんまで、歩いていってください」

砂浜から、カニが歩きだしました。カニは一直線《いっちょくせん》にならび、よこ歩きをしながらすすんでいきます。

だれもが、じっと、カニのよこ歩きを見守《みまも》りました。この赤い線が、八番目のウミガメのところへたどりついたとき、海と丘《おか》のさかいめが決《き》まるのです。ヤシの実《み》が、海のものか丘のものかが決まるのです。

わさ　わさ　わさ　わさ、わさ　わさ　わさ

カニがならんだまま、波《なみ》の中を歩きます。五番目のウミガメ、六番目のウミガメ、七番目のウミガメ……。

そして、いよいよ、カニの列《れつ》が、八番目のウミガメにさしかかったときです。

ごごごごごご……

まっ暗《くら》な海のはてから、
大きな地ひびきが聞こえてきました。

海の生きものがさけびました。

「馬だ、白馬《しろうま》だ！」

「白馬？」

丘《おか》の生きものもさけびました。

「にげろーっ」

「白馬だーっ」

「白馬がくるぞーっ」

白馬は、目の前にまでせまってくると、かん高いいななきとともに、たちあがり、巨大《きょだい》な波《なみ》に姿《すがた》をかえました。

どどどどどどーん

そして、そのまま、海の生きものを、丘《おか》の生きものを、そして、カムロを、
飲《の》みこんでしまいました。

ごごごごごーっ

ざばばばばーん

カニの列《れつ》は、赤い花のように宙《ちゅう》に舞《ま》い、大きくくだけちりました。クマも、シカも、ウミネコも、タコも、クラゲも、ウミガメも、みんな宙に舞いました。

もちろん、カムロのからだもぐるぐるとまわり、波《なみ》に飲《の》まれてしまいました。

ごごごごごーっ

ざばばばばーん

このままではおぼれてしまいます。息《いき》もできないうずまきの中で、カムロは必死《ひっし》で手をのばしました。なにかつかまるものを探《さが》そうとしたのです。そして、たなびく草のようなものを手にしたとき、ふとわれにかえりました。

苦《くる》しまぎれにつかまったのは、大きな白馬のたてがみでした。白馬は、カムロを背《せ》中《なか》にのせると、大波《おおなみ》をけり、一気に空にかけあがりました。

空までかけあがった白馬の背《せ》で、ぶるぶるとふるえているカムロに、白馬が春風のような声でいいました。

「カムロ。さっきまでいた波打《なみう》ちぎわが見えますか？」

やさしい声でした。カムロは、勇気《ゆうき》をだして首をのばしました。見おろすと、海も丘《おか》も、すべてが井戸《いど》の底《そこ》のようにまっ暗《くら》に見えました。ただ、海岸線《かいがんせん》の波打《なみう》ちぎわだけは、月の光を反射《はんしゃ》して、きらきら、きらきらと、かがやいています。

「カムロ、銀《ぎん》の帯《おび》が見えますね」

「はい」

「あれが、私たち白馬の守《まも》る『いのちの帯』です」

「いのちの帯？」

「おまえは、あの波打《なみう》ちぎわに、線をひこうとしましたね。いのちの帯は、あいまいなもの。線などひいてはなりません」

「でも、線くらいひいたって……。」

「おだまり！　線などひいたら、ウミガメは、丘《おか》にあがって卵《たまご》を産《う》めませんよ。カニも、海にはいって卵を産めませんよ。いいですか、カムロ。こんなに広い海ですが、すべての生きものは、あの波打ちぎわで生まれているのです」

「すべての生きものが？」

「光と空気と海水が波によってまざりあい、そうして生まれたのがいのちです。いのちは、ながい年月をかさね、おまえたち生きものになった。いいですか、海の生きものも、丘の生きものも、もとをたどれば、おまえたち人間《にんげん》も、みな、あの波打ちぎわから生まれているのですよ」

「……」

カムロは、そんなことを考えたこともありませんでした。

「どこまでもつづく砂浜《すなはま》や、あたたかいひがた。そして、海草のゆりかごがなかったら、いのちの源《みなもと》でもある小さな生きものは、いったい、どこで生まれればいいのです？」

「ぼくは、そんなことしらなかったし……みんながこまっていたから……。そうです、みんなのためにしたんです」

「みんなのために？」

「そうです。こまっている、みんなのために」

白馬は、カムロをキッとにらみつけると、北風の声でどなりつけました。

「だまれっ！　みんなのためにしたことが、すべて正しいと思うでないわ！」

あまりの大声に、カムロは、両手《りょうて》で耳をおおいました。たてがみから手をはなした瞬間《しゅんかん》、

「うわあああっ……」

カムロは、まっさかさまに海へとおちてしまいました。

まっ暗《くら》な海の底《そこ》にすいこまれながら、カムロは、胸《むね》ポケットの貝がらのことを思いました。

ざばーん、さわ　さわ　さわ　さわっ
ざばーん、さわ　さわ　さわ　さわっ
気がつくとカムロは、ずぶぬれで、ひとり、波打《なみう》ちぎわにたっていました。

目の前には、ヤシの実《み》がひとつ。波にもまれてころがっています。

「これは、ぼくたちのものだよ」

「ちがうわ。わたしたちのものよ」

海と丘《おか》の生きものも、あいかわらず、いいあらそいをつづけています。

不思議《ふしぎ》です。何事《なにごと》もなかったかのようです。いったいぜんたい、あの白馬は、まぼろしだったというのでしょうか。

ウミガメが、首をのばしていいました。

「カムロさん。みんながまっています。早く、線をひきましょうよ」

カムロは、しばらく考えてから、わらってこうこたえました。

「ごめんなさい。どうやら、ぼくは、よけいなことをいったようです。どうでしょう？　みなさんは、大むかしからずっと今まで、ヤシの実を見守《みまも》ってきたんでしょ。だったら、まだまだ、まちつづけてみたらいかがです。それに、みなさん、なんだかわいわいと、楽しそうですよ」

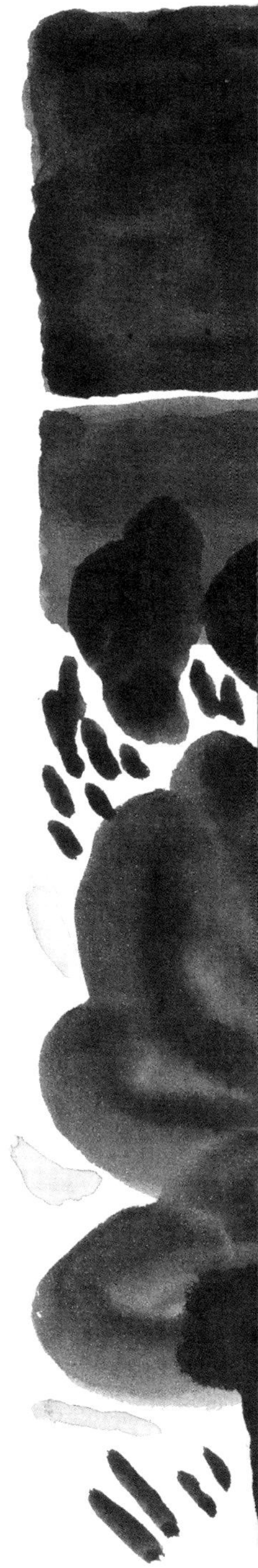

そしてカムロは、海岸《かいがん》に背《せ》をむけて、町へとかえることにしました。岬《みさき》をよこぎるとき、遠くから灯台《とうだい》がいいました。

「どうです？　カムロさん。波《なみ》の音の秘密《ひみつ》はわかりましたか？」

カムロは、大きくうなずくと、ポケットから貝がらをとりだし、そっと耳にあてました。

さわ　さわ　さわ　さわっ

さわ　さわ　さわ　さわっ

ちゃんと、波の音がします。

「ふふふっ。あいまいな音ですね」

「あいまい？」

「ええ、いくつもの波の音が、かさなりあってひびいてる……」

カムロは、そういって、しゃがみこむと、耳にあてていた貝がらを、波うちぎわにおきました。

ざばーん、さわ　さわ　さわ　さわっ
ざばーん、さわ　さわ　さわ　さわっ
カムロのおいた貝がらを、ひき波《なみ》が、すこしずつ、さらっていきます。
「どうしたんです？　たいせつな貝がらでしょ？」
灯台《とうだい》が、心配《しんぱい》そうにいいましたが、カムロは満足《まんぞく》そうにいいました。
「さっき、白馬の背《せ》からおちるとき、気づいたんです」
「ほう、なにを？」
カムロは、しずかに目をとじると、両手《りょうて》を強く耳にあてました。
さわ　さわ　さわ　さわっ
さわ　さわ　さわ　さわっ
「ほら、不思議《ふしぎ》でしょ。貝がらもないのに、耳のおくから波の音がする」
「そんな、ばかな……」
「だって、ほんとうにするんです。だから、貝がらは、もういらない。ここにおいてかえります」
カムロは、そういってたちあがりました。

ざばーん、さわ　さわ　さわ　さわっ
ざばーん、さわ　さわ　さわ　さわっ
貝がらは、まだまだ、波《なみ》にもまれています。
灯台《とうだい》のむこうには、夜の海。
白い波がいくえにもかさなって見えました。

波の白馬

2006年 4 月25日　初版第 1 刷発行
2016年 1 月25日　　　第 2 刷発行

文　阿部夏丸
絵　あべ弘士

装　丁　坂川事務所
本文デザイン　新垣かほり

発行者　若月眞知子
編集者　山縣彩
発行所　ブロンズ新社
東京都渋谷区神宮前6-31-15-3B
03-3498-3272
http://www.bronze.co.jp/
印　刷　吉原印刷
製　本　福島製本

ISBN978-4-89309-391-2 C8071